Rudimentos da Vida Coletiva

Alcir Pécora

Rudimentos da Vida Coletiva

Ateliê Editorial

Copyright © 2002 by Alcir Pécora

Direitos reservados e protegidos pela Lei 9.610 de 19.02.1998.
É proibida a reprodução total ou parcial sem autorização, por escrito, da editora.

ISBN – 85-7480-137-2

Direitos reservados à
ATELIÊ EDITORIAL
Rua Manoel Pereira Leite, 15
06709-280 – Granja Viana – Cotia – SP
Telefax: (11) 4612-9666
www.atelie.com.br   atelie_editorial@uol.com.br

2002

Foi feito depósito legal

Sigam-me os que forem brasileiros!
DUQUE DE CAXIAS

Brasileiros: não vamos nos dispersar!
TANCREDO NEVES

Sumário

Primeira Etapa

1. Condições da História 13
2. Abades 15
3. Acadêmicos 19
4. Açougueiros 21
5. Ao Mesmo Tempo, o Próprio de Cada Um 23
6. Abades. Aventura dos Aguapés 25
7. Sucessos Acadêmicos 29
8. Açougueiros: Depois da Alcatéia, vem o
   Aluvião 31
9. Abades, Acadêmicos, Açougueiros: Diante do
   que não tem Presença 33
10. Abades, Acadêmicos, Açougueiros: Desfeita do
    Passado 35
11. Americanos 37
12. Abades, Acadêmicos, Açougueiros, Americanos:
    Diante do que não tem Presença 41
13. Abades: O Sexo das Flores [...] Achado
    Acadêmico 43

14. Açougueiros, suas Fêmeas e Filhotes 45
15. Androceus e Andróginos: Americanada
    Explosiva 47

Segunda Etapa

161. Abades, Acadêmicos, Americanos:
     Agouros 53
172. Açougueiros, Abades, Americanos:
     Batismos Agourentos 57

Terceira Etapa

1831. Abades, Acadêmicos, Açougueiros e Americanos:
      Fantasia da Vista 63
1942. Acadêmicos, Açougueiros: Dialética 65
2053. Açougueiros: Mulheres e Crianças;
      Americanos 67
2164. Escravos, Forçados e Aspirantes 69
2275. Acadêmicos, Açougueiros & Família 71
2386. Aspirantes e Aliados do Inimigo 73

Quarta Etapa

24971. Abades, Acadêmicos, Americanos, Aliados
        do Inimigo: Baixas 77
251082. Militares, Comerciantes 79
261193. Abades e Acadêmicos: Lastro Livre 81
2712104. Palácio Real, Acadêmicos Póstumos 83
2813115. Açougueiros: Vista, Visão 85
2914126. Aspirantes: Infância 87

Quinta Etapa

30151371. Nome / Título da História 91

Primeira Etapa

1. Condições da História

Viu-se uma galera no porto. Soube-se que a galera apenas aguardava a hora da partida para, de fato, partir. Ocorre que, por razões baixas – faltaram escravos, eram poucos os forçados e ainda menos os aspirantes disponíveis –, a hora da partida tardava e a galera, de fato, não partia.

Para resolver o impasse, optou-se pela formação de uma ababe de emergência, para a qual concorreria a gente dos setores mais mobilizados do país – ou mais progressistas, ou mais competentes, espertos e profissionais, segundo se lesse a cartilha desta ou daquela escola de assessoria socioeconômica a serviço dos quadros da social democracia, hegemônica no reino.

Todavia, para que a galera pudesse partir de vez, ainda faltava resolver outro detalhe: a carga. De nada valeria formar uma esplêndida ababe, com a elite flamante do reino, se a galera, tão bela, não dispusesse também de uma abada de qualidade, com peso e preço competitivos. Para solucionar este novo e urgente imprevisto, solicitou-se aos supracitados setores que incrementassem sua criatividade e trouxessem para embarque-já grande quantidade de coisas, isso mesmo, as coisas todas em liberal profusão, tais como flores, espigas, frutos, frutas e outras coisas.

[...] aqui, objetivamente, as condições únicas e verdadeiras da história que se pôs a marchar e, uma vez em marcha, marchou e marchava. Inútil dizer que não poderia mais ser detida por nada, nem por ninguém, por Deus ou pelo Diabo, e muito menos pela atividade isolada de qualquer maldito verme provocador, bêbedo de tanto sugar o bico do seio de um balão de ensaio.

2. Abades

Em vista da inadiável necessidade de cooperação para que se compusesse a ababe e a abada nacionais e que, assim, pudesse partir a prestimosa galera, o melhor gado do reino e boa parte do abadágio foram graciosamente cedidos pela abadia e estavam sendo trazidos por uma expedição de valentes clérigos, saída da sede neste mesmo dia, rumo ao porto em que se avistava a galera, que esperava pela expedição saída da abadia neste mesmo dia em vista da necessidade inadiável de cooperação para compor a ababe e abada nacionais [...]. Notou-se que havia nisto uma certa redundância, mas compreendeu-se que era pequeno defeito e passável [...] em lançamentos feitos diretamente sobre o livro caixa, que sempre se quer muito limpo e onde não são admitidas rasuras.

Tão logo os abades e seus corações cruzados, isto é, contritos, meteram mãos à obra, isto é, pés na estrada, depararam com uma primeira adversidade, isto é, com uma primeira prova de seu amor à missão: um abati, [...] certamente construído, isto é, arquitetado pelo inimigo, isto é, pelo inimigo, cerceava-lhes o caminho, isto é, desafiava a sua fé, isto é, [...] fez com que permanecessem um bocado de tempo engasgados, isto é, abatidos, isto é, estacados.

[...] somente muito mais tarde, com o auxílio precioso de certo *ABC do Bom Carpinteiro* (apócrifo dedicado ao zelo de José, eterno marido), arregaçando as mangas sem prevaricar, isto é, sem praguejar, isto é, sem deixar de pregar, conseguiram desobstruir a estrada e completar o período, isto é, [...] e assim se foram.

A principal contribuição dos abades para a formação da abada, escreveu-se, era a abegoaria. Mas nem bem haviam superado a prova do abati, parte desse valioso conjunto de gado e implementos agrícolas se perdeu para sempre, uma vez que [...] a expedição teve de apostar corrida [com] [contra] [de] [desde] [em] [entre] [para] [por] [perante] [sem] [sob] [sobre] [trás] um abelheiro aloucado, possuído de tal fúria que não poderia ser comparada com justiça senão à das mães nativas de países estrategicamente localizados, cujos filhos adorados costumam ter as cabecinhas sujas quimicamente alvejadas.

Quilômetros depois, quando se viram longe das abelhas, mas não dos ferrões que traziam consigo, os pobrezinhos dos abades depositaram as almas abatidas em combate no débito do inimigo, dispuseram em abesana os raros bois sobreviventes e decidiram abandonar a estrada. Juraram solenemente que apenas seguiriam viagem através das matas e plantações que abundavam no reino [...] tão fértil, tão fértil, que alguns abades rigoristas o julgariam obsceno, não fora obra da Natureza e do Pai que a fizera todinha, ainda virgem em botão.

O juramento, ainda que implicasse maior sacrifício, já que pressupunha que os abades desistissem de tornar ao reto caminho da estrada principal, parecia-lhes, contudo, trazer duas compensações: 1º poderia confundir o inimigo, ou, pelo menos, deixar de telegrafar-lhe os melhores sítios para suas piores armadilhas; 2º permitiria que eles colhessem nas matas e plantações as riquezas muitas e variadas que deveriam doar à galera, o que lhes possibilitaria, ainda, suprir as eventuais perdas provocadas pela impiedade do inimigo.

Metendo em obra o projeto, atravessaram um abetal, depois um abieiral e iriam adiante se, àquela altura do apostolado, não estivessem reduzidos a um abigarrado fedorento e mal-humorado, a menos de uma ave-maria da autodevoração. Refratários, entretanto, à idéia gentio-modernista de uma cruzada antropofágica, alguns abades principais prescreveram um descanso imediato, antes mesmo de penetrar no denso aboboral, à frente, cujos frutos de formas roliças eram um delicioso convite ao ataque.

[...] trataram de providenciar a leitura de um abominário de bolso que continha veementes alertas a propósito da desobediência e da tentação. O parágrafo mais lido foi relativo aos vícios que costumam acometer os irmãos em peregrinações, exílios, campanhas ou missões extraordinárias, mormente as que demandem movimentação constante dos vários músculos, membros e nervos do corpo, ainda mais os inferiores [elásticos] [ecléticos] [extáticos].

A leitura do abominário ainda deixou tempo para um adendo, extraído, qual carne viva e fumegante, do Evangelho Joanino: [...] *si qui in me non manserit mittetur foras, sicut palmes, et arescet, et colligent cum, et in ignem mittent, et ardebit.*

Encerrada a sessão, admirou-se muito a serenidade dos ânimos. Tudo parecia bem mais razoável agora. O resto do descanso foi dedicado a uma renhida abotoadura entre atletas representantes dos diversos grupos e tendências disseminadas entre os abades. Refeitos e dispostos a caminhar, abades que tais tomaram o rumo de um abricozal, depois de um abrunhal e depois de um capítulo que esta história há de escrever de uma [penada] [pernada] só.

3. Acadêmicos

Da academia também partiu uma expedição semelhante àquela dos abades. Constrangida pelo mesmo apelo régio, dispôs-se a cooperar com seres, palavras e coisas para a partida triunfal da galera. Desde o início, porém, já se havia decidido pela colheita através dos campos, uma vez que os acadêmicos tinham de seu apenas palavras e mesmo estas, recobertas de hipotecas.

[...] iniciaram sua caminhada por um açafroal, pegaram o que era dado e chegaram a um açaizal. Reparou-se, em ambos os lugares, na maneira peculiar com que os acadêmicos procediam à colheita: com a mão direita, arrancavam e ordenhavam, respectivamente, a maior variedade possível de plantas e de tetas, enquanto com a mão esquerda traçavam açangalhadas floridas no ar. No ar, ou em caderninhos que equilibravam entre o queixo e o ombro, entre o nariz e a orelha e até mesmo entre os fios ressecados de suas barbas e bigodes. Este esforço de produtividade justificava-se pela sua unânime negativa de abandonar o projeto original de [org.] de uma acantologia no decorrer das letras em marcha.

Bem ou mal, que não é a presente questão, ao anoitecer os acadêmicos já haviam reunido razoável acava, que tombaram e denominaram Acervo Provisório e Itinerante (APEI), núcleo de um futuro Centro de Documentação (CEDOC), ainda sem nome definitivo, mas com presidência, gabinete e pelo menos meia dúzia de pró-comissões. Antes de silenciar completamente o acampamento que haviam armado seguindo item por item o seu utilíssimo manual de campanhas cívicas, designou-se uma comissão para distribuir cotas de acetomel aos imortais mais idosos, ou aos imortais idosos demais, senão aos idosos mais imortais.

Os acadêmicos acabaram adormecendo sem reparar que haviam acampado numa aciaria, onde poderiam ter procurado valiosas contribuições para a abada a ser transportada para a galera. Alguns deles, porém, repararam no acirate próximo e bastante elevado que demarcava o início das terras santificadas do acistério. Tais poucos, indiferentes ao sono, seguiram até lá para ver o que havia e o que seria possível obter de belo, bom e honesto. [...] foram informados pelas monjas do piedoso lugar, através de portas de dimensões insuspeitadas, que seus bens mais preciosos já haviam sido doados, há algum tempo, a quem de direito, ou seja, aos abades. Talvez porque os acadêmicos fossem apaixonados por questões de direito, apenas voltaram ao acampamento quando raiava o dia e acordava a Santa Maria. Os últimos *raids* de roncos cruzavam os ares matinais.

4. Açougueiros

Enquanto isso, na cidade, representantes da açougaria decidiram, tal como os abades e os acadêmicos, enviar prontamente pessoal e equipamento para a galera. Decidiu-se também que, além destes subsídios, os açougueiros seguiriam através dos campos, carregando com tudo o que ali topassem e que julgassem útil à formação de uma abada de primeira – e, por Deus, disto eles entendiam mais do que o Próprio!

Iniciaram a viagem por um açucenal [onde acharam, perdida entre os cacos de um copo, uma edição capa-dura de um adagiário com temas românticos. Dentro dele, marcando a página rasgada, encontraram um adeito ensebado]. Atiraram com ambos aos sacos e partiram, rumo ao adelfal adiante.

Quando a noite chegou, com as sobras dos objetos e plantas capturadas, as mulheres e as crianças dos açougueiros confeccionaram delicados adereços para uma ingênua e aprazível função, cuja finalidade era manter elevado o moral da familória.

5. Ao Mesmo Tempo, o Próprio de Cada Um

Nesta manhã, os abades recompuseram a adua de que ainda dispunham; os acadêmicos apenas fizeram o mesmo com a sua aduada após consultar a inseparável adversária; os açougueiros já o tinham feito há muito, pois, neste instante, chegavam ao fim de um agatário.

6. *Abades. Aventura dos Aguapés*

A tribo dos abades, principal alvo do inimigo até agora, teve sua jornada interrompida mais uma vez. Desta feita, o obstáculo era um áger de altura fantástica, inexplicável, diante do qual parecia fantasia vã qualquer sugestão de escalá-lo ou, mesmo, de rodeá-lo. Para completar a azarada, estavam cercados de pântanos e, certamente, de areia movediça.

Em busca de inspiração, os abades resolveram recorrer a um agiológio, que, entretanto, não chegaram a ler. [...] neste instante, começou a chuviscar, a chover, a tempestear. A seus pés trêmulos, corria uma aguaça cada vez mais forte e irresistível. Suas batinas tornaram-se verdadeiros aguadeiros e, mais um pouquinho só, seriam puros aguadouros.

De repente [...] foram arrastados pela aguagem e saíram corcoveando com aquela louca coisa, mais viva do que até então a água lhes parecera, a despeito de suas simpatias ecológicas. Contudo, curiosamente, conseguiam manter a cabeça e quase todo o corpo acima do nível da enxurrada. Passasse por ali um surfista, algum Wilson Bro. ou mesmo o grande

Joey Ramone, todos, sem exceção, haveriam de admirar-se da fina técnica com que os abades pegavam à unha jacarés tão ferozes.

[...] aqueles que não haviam perdido de todo a consciência – a física, claro, pois a moral, em abades daquele naipe, era tão vigilante quanto a das cinco virgens prudentes que aguardavam o Esposo –, por paúra [...] ou por tanto líquido ingerido de uma só golada [...], perceberam que algo sólido lhes servia de prancha e os transportava velozmente pela estrada além e inundada. Observando melhor, reconheceram o lugar como um aguapezal, de sorte que, entre os abades e a bem-aventurança, estendera-se denso tapete de aguapés entrecruzados. Imaginou-se que formara uma espécie de jangada natural, que milagrosamente lhes permitiu ultrapassar o imenso áger.

Cessada a chuvarada, a enxurrada ainda era tamanha e tal o seu volume que os abades prosseguiram viagem nesta sua curiosa embarcação, por muito mais tempo. [...] suficiente para que adquirissem completa estabilidade e se dedicassem a alguns projetos de arquitetônica visando ao aprimoramento da aerodinâmica do estupendo veículo – que, se Deus um dia assim o quisesse, bem poderiam patentear.

[...] era intensa e incessante a atividade a bordo, como se aconselha no trato da marujada: um navio ocioso é uma barca do inferno. Enquanto alguns dos compenetrados abades separavam a agulhada e salpicavam de cuspe a linha, outros desenhavam, no próprio vegetal, a planta de um agulheiro a ser construído na proa.

Chegaram a adquirir tanta sem-cerimônia no interior daquele [veículo anfíbio] que, pelo menos na arte de passar a linha pelo buraco da agulha, tudo se fazia sem que as falangetas fossem mais trespassadas do que o alvo corp[inho] de São Sebastião. As coisas ficariam ainda mais divertidas, caso os abades mais sérios e respeitados não houvessem pensado, calculado, conferido e decidido que, à primeira oportunidade, deveriam saltar dos aguapés. Isto porque, segundo deduziram, aproximavam-se perigosamente do lugar para onde convergiam todas as águas correntes: o buraco cheio do Mar Tenebroso! A primeira oportunidade apareceu quando passavam pelo meio de um airizal. Agarrando-se aos troncos, às folhagens e levantando esforçadamente os venerandos traseiros, deixaram passar os aguapés. Vistos assim de cima, pareciam mais velozes e barulhentos, impressão fugidia que a mais de um lembrou a passagem indiscreta de um trem no exato momento de uma extrema-unção. Seja esta [imagem] ou outra, melhor, surgida, mas não captada, não precisaram esperar muito até que toda a enxurrada passasse e, subitamente, se encontrassem pendurados, balançando a uma altura considerável do solo duríssimo. Ainda pensavam em uma maneira de se safar sem maiores acidentes, quando seus braços cansaram-se do peso não parco que suportavam e os soltaram sem querer saber das conseqüências. Entendeu-se, então, o significado da expressão: "cair fora". Por sorte, apenas os mais velhos tiveram as suas cabeças espatifadas na queda, o que implicava dupla vantagem: a indefectível continuidade da guerra e a menor lentidão com que os sábios abades se lançariam nela.

Por ora, não poderia haver conclusão mais satisfatória, tanto mais que, enquanto enterravam seus mortos, ensaiavam uma versão *a capella* do clássico popular *Menino Passarinho*.

7. Sucessos Acadêmicos

Do outro lado do airizal, caçando sabiás, estava o ajuntamento dos acadêmicos. Visto à distância, mais parecia um comportado ajuri, dispondo-se em alas para receber a bênção do titio mais garboso do mundo. Estavam prestes a seguir por um alamal, mas, na sua maneira modelar de agir, organizavam-se como se fora para cruzar uma alameda urbanizada ou para vencer uma planejada campina, pura Idéia, Original de que em parte participa o aparente matagal.

Ah [...], suspirou-se, antes de retomar a marcha. Havia muitas coisas por fazer. [...] separaram o alavão do rebanho e juntaram em casais a si e ao gado, ou seja, um membro daquela restrita confraria de intelectuais, nunca mais do que um, para cada teta transbordante de lácteo e espumante néctar vacum. A ordenha foi digna de seu honrado álbum de campanha, conquanto não houvesse solenidade de formatura, nenhum meio de obter luvas ou lupas, nem jeito de sentar e cruzar as pernas com suficiente classe e circunspecção.

Nesta jornada, os acadêmicos ainda colheram num alcachofral e depois num alcaparral. À noite, no acampamento, promoveram instrutivas palestras acerca da interdependência da saúde material e formal, mormente nos estados social democráticos modernos de economia flexível e possuidor de instituições firmes e seguras.

Considerou-se que estava dado um doce a quem adivinhasse a douta frase que adornava a mesa de conferências. [...] uma pista, a língua [...] morta, não enterrada.

8. Açougueiros: Depois da Alcatéia, vem o Aluvião

Os açougueiros iam além, avante, com férrea disposição, após ter preparado uma alcoolatura através do meio com que se chega a ela, se a entorna e engole. Os Acadêmicos não aprovariam a função francesa da frase, mas os açougueiros não se incomodavam com questões gramaticais. A menos que elas pudessem ser entornadas e bebidas. Com tais cuidados, o produto será perfeitamente adequado, mesmo para o consumo de mulheres prenhes e filhos lactentes de bom quilate.

[...] viram-se ameaçados por uma alcatéia de extraordinária ferocidade, surgida, sem aviso, de uma aléia próxima. Enxugando com uma presta lambida a última gota de seu tônico revigorante, os açougueiros, suas mulheres e suas crianças meteram-se por um alfaçal, contornaram um alfafal, cruzaram um alfarrobal, um alfeneiral, um algarobeiral, um algodoal e deram um cavalo-de-pau diante de um magnífico alhal. Colheram à larga, não somente para contribuir com a abada, mas também com o tempero do almoço, servido em pratos de cerâmica de alquifa e acompanhado de raríssimo aluá.

Com os açougueiros, tal como se anunciou, tudo era fartura, farol, aluvião. Fosse agora tarde da noite, dormiriam em paz, sem que ninguém pudesse contemplar impune o frescor de suas nádegas rosadas lindamente postas em sossego, apenas vez por outra abaladas por um súbito frêmito de sensual energia. Por cima dos açougueiros, só a lua, nem lobo, nem avião.

9. Abades, Acadêmicos, Açougueiros: Diante do que não tem Presença

Enquanto isso, no porto, a galera resistia a uma tempestade de granizo graças à boa amarração arrumada pelos poucos aspirantes, escravos e forçados que lá têm permanecido ao longo do discurso desta história.

Caso os abades presenciassem esta cena, sem dúvida atribuiriam à desfaçatez do inimigo a existência de tempestade tão estúpida e diriam, aos pés dos ouvidos, que viver é muito perigoso.

Caso os acadêmicos estivessem presentes, mergulhariam os óculos nas letras miúdas de um tratado de Astrologia Aplicada. Se não fosse suficientemente bom para lhes fornecer o método adequado para o domínio dos elementos em fúria, ao menos poderia fazê-los esquecerem-se de si e do pavor diante do iminente retorno ao Caos.

Caso lá estivessem os açougueiros, suas mulheres e suas crianças, haveriam de sair todos e, de um só gole, beber a tempestade.

10. Abades, Acadêmicos, Açougueiros: Desfeita do Passado

Bem longe do porto, porém, os abades preparavam amassilhos para o ambrozô do almoço.

Bem longe do porto também, os acadêmicos haviam escolhido um ambulacro para o descanso diurno devido às ressonâncias etimológicas de seu nome. Ademais, aplicavam o tempo usualmente reservado para a sesta à tarefa de retocar a pintura de uma ambulância. Moviam-na quatro almas extraídas de um texto inacabado daquele sórdido Gógol, de que se riu às bandeiras despregadas. De resto, a ambulância existia para o transporte de flexões anômalas que traziam prejuízos para a integridade do sujeito.

Bem longe do porto, os açougueiros, que já haviam almoçado à grande no antepenúltimo capítulo, atravessavam o que talvez fosse um ameixial ou, quem sabe, um amendoal. Àquela velocidade, pensou-se, seria bem difícil precisar. Mas não impossível, objetou-se, já que tudo ali se passava à luz da história, cujo olho é de lince. Passasse D. Luís de Góngora, corrigiria: senão lince, um olho-águia, raio-emplumado, cílios volantes. Contudo, enxergando ou não, os açougueiros não deixariam imune à sua vigorosa passagem um só amentilho que ousasse sair da casca e mostrar a cabecinha careca.

[...] pensou-se que, se no meio do caminho tem uma pedra, então, das duas, uma: ou esse não era o caminho trilhado pelos açougueiros, ou a pedra é que já era.

11. Americanos

Leu-se que abades, acadêmicos e açougueiros vão bem, mas, neste momento, também a americanada decidiu cooperar na doação do ababe e da abada necessárias para a partida da galera. Desde agora, portanto, trataram de empreender a caminhada até o porto.

Optou-se, a exemplo dos demais grupos, pela colheita das matas e plantações que fossem encontradas no trajeto [...]. Iniciaram por um amial e prosseguiram por um amoreiral os excelentes americanos: eia, upa, hi-ho! Passasse Silver por ali, alçaria bem alto as patas dianteiras; passasse Mário de Andrade, gravaria o relincho como autêntica experiência da nação modernista.

Ainda que fizessem uma messe relativamente boa, a sua eficiência se relativizava mais pelo cuidado que tomavam a fim de que o serviço sujo da ceifa não estragasse o ampix que traziam amarrado à cintura e que não deixariam de trazê-lo por nada deste mundo. Tais arreios e freios, imaginou-se, seriam extremamente úteis para a eventualidade de avistarem cavalos, bestas ou outra montaria nativa que pudesse lhes proporcionar maior conforto *off the road*.

Não encontraram matéria para a realização de tal desejo, ao menos no amoreiral, mas acharam [um caprichoso analecto perdido num ananasal. Provavelmente, não se dariam ao trabalho de recolhê-lo, ou de verificar a página faltante], caso o achado não coincidisse com a dramática sucessão de sucessos que se sucedeu ao achado.

[...] ao proceder à distribuição costumeira de cerveja, os americanos perceberam que o estoque de que dispunham proveria suas gargantas, no máximo, até o anoitecer. Desnecessário contar o ódio perfeito, comum e reflexivo que secou todos os pedaços do coração, de ordinário generoso e sentimental, daqueles sedentos rapagões. Sem que ninguém apitasse ou desse o tiro de largada, todos se atiraram, com fúria inaudita, às latas que restavam.

As pobrezinhas eram disputadas por centenas de dedos aflitos, eram [arranhadas] [amassadas] [rasgadas] [arrebentadas] [saqueadas] [chupadas] [mordidas] [beliscadas] [trepadas] [lambuzadas] [aviltadas] [estupradas] [sodomizadas] [engolidas] de raiva pura e imundo apetite tão logo a americanada descobria que todo o seu dourado conteúdo havia sido derramado e tragado pelo chão e pelo pó, que tudo é e a que tudo torna. Cruzasse o Padre Antônio Vieira aquele mundo de balbúrdia e confusão, não se abalaria a dizer mais do que já o fizera no primeiro sermão da Quarta-feira de Cinzas, pregado na Igreja de Santo Antônio dos Portugueses, em Roma, no ano de Cristo de 1672: o que parecia tão vivo não era senão pó levantado; mais um pouco, virava pó caído.

Percebendo a gravidade da situação e, mais ainda, a pouca rentabilidade de uma competição disputada tão selvagemente, alguns destes belos americanos deram tiros de advertência para o alto, pois é para lá que vão as balas quando entram pelo queixo quadrado, avançam miolos moles [fritos] adentro e saem fumegantes pelo tampo [topo] do cocuruto.

Ocorre que a munição acabou-se antes que o número de adversários fosse suficientemente reduzido e o mercado, por sua vez, saneado. A luta ameaçava recair em sua primitiva forma, quando o Espírito-do-Primeiro-Americano-Tombado naquela batalha fratricida materializou-se nas latas de cervejas restantes, que lhe serviram, afinal, de cavalo. Montado nelas, suspendeu-se a si, e a elas consigo, a uma altura visível, porém inalcançável, mesmo para campeões olímpicos de basquetebol. Lá de cima, berrando através das argolas das latinhas ainda fechadas, o Grande-Espírito-Original-Americano deixou claro aos sobreviventes que apenas liberaria as cervejas se as disputas para a sua posse se fizessem por seu intermédio, isto é, repletas do grande espírito original americano. Então, fez com que todos se imobilizassem e voltassem os olhos para [o analecto achado e esquecido], que, enfim, trazido por mãos fantasmas, retorna a esta história.

[...] propôs-se, então, o seguinte jogo: ter-se-ia que descobrir como o analecto viera parar ali. Quem o conseguisse, venceria e, como gostavam de dizer, ao vencedor, as cervejas – o resto que se fodesse a si mesmo.

[...] esta forma de jogo não desagradou aos americanos e foram muitas as hipóteses levantadas, a maioria delas de vigor metodológico e *punch* ensaístico de fazer inveja aos acadêmicos. Aliás, quem disse que não é possível ser belo e verdadeiro ao mesmo tempo certamente nunca desejou tomar cerveja com a mesma intensidade de um belo rapagão americano. Tal pode um desejo imenso: Camões, em passando, saberia.

[...] como esta história nunca pretendeu exceder a duração de seu discurso, neutro, exato, verdadeiro, selecionaram-se para constar dela apenas as duas principais hipóteses, entre as quais o Supremo Juízo do Espírito, enlatado, pareceu hesitar. [...] a primeira delas rezava que o analecto fora abandonado naquele sítio pela Coluna Prestes, com a finalidade de fazer crer a Lampião que o grupo daqueles andarilhos não passava de uma inocente romaria ao Padim Ciço. A segunda hipótese considerava que a página rasgada, deglutida num momento de autêntica fome de fé, assinalava outro ilustre proprietário para o analecto perdido – e quem mais senão o próprio Antônio Conselheiro?

O Grande-Espírito-Americano, após pedir que as hipóteses fossem repetidas, [cantadas] [soletradas de trás para diante], sentenciou a única sentença justa: empate. Cumprido o cívico dever, subiu direitamente aos Céus com todas as latas, pois não houve um [hum, 1] vencedor, como se pode ler no parágrafo [único] da regra [única] do jogo contratado e publicado nesta mesma linha. Aos americanos vivos restava a segunda alternativa, ou seja, foder-se a si mesmos. E foi o que fizeram, com excelente humor, apesar de tudo, pelo resto desta história.

12. Abades, Acadêmicos, Açougueiros, Americanos: Diante do que não tem Presença

Passada a tempestade, a galera intata resplandecia ao sol.

Caso os abades pudessem vê-la bem agora, abençoariam o que viam e o que está além do que um homem pode ver, meditando, com os olhinhos brilhantes, sobre quão doce é o mistério da vida.

Caso os acadêmicos a vissem agora, escreveriam, com caprichosa caligrafia, que a sua andaina recolhida produzia arcos refratados nas íris dos poucos escravos, forçados e aspirantes que lá se encontravam.

Caso a vissem os açougueiros, tratariam de aumentar seu trem e chegar até onde pudessem apalpar a visão e, por assim dizer, morder o pão.

Caso os americanos a vissem, procurariam ver dentro de seus tonéis e embaixo de seus lençóis.

13. Abades: O Sexo das Flores [...]
Achado Acadêmico

Num andirobal, os abades se encontravam absorvidos por uma discussão delicada. Um grupo, majoritário, acreditava que a colheita deveria restringir-se às inflorescências de flores masculinas, sob uma dupla alegação: 1º preservariam o que ainda era casto, na castidade claustral de seus sacos; 2º não tocariam o que era promíscuo. O grupo que assim disputava chamou-se Androceu.

Já o outro grupo, minoritário, porém aguerrido, acreditava, ao contrário, que não deveriam tocar as inflorescências de flores masculinas, restringindo sua colheita àquelas que reuniam os dois sexos. A sua justificativa era a de que apenas ao promíscuo seria legítimo castrar. Este último grupo chamou-se Andrógino.

Num anduzal, os acadêmicos [acabavam de encontrar um anedotário]. A alegria de ver um livro foi logo morta quando conheceram que se tratava de uma forma menor, um gênero sem gênio e de tosco engenho. De qualquer modo, porque eram incapazes de deixar livros livres, eles pegaram o cadáver com as unhas das pontas dos dedos e o usaram do jeito que lhes pareceu mais adequado, ou seja, como reforço da angarela que amparava o feno recolhido naquela já tão longa e exaustiva peregrinação.

Como sempre faziam, quando buscavam uma solução justa e edificante para as suas eventuais querelas, os abades consultaram uma angeologia. A inspiração que lhes concedeu foi a de que apenas fossem proclamados *orto doxa* os argumentos da minoria, isto é, do grupo Andrógino.

À maioria descontente não restou mais que afogar as mágoas promovendo uma autêntica devastação num angelical, isto é, num angical e, depois, num angeol, isto é, perdão, num angolal. Passasse o decano Dr. Freud por aqui, saberia o que fazer com todos estes lapsos e correções, exemplos [...]

Foi de tal maneira furiosa a colheita destes campos que aconteceram, por ordem cronológica, as seguintes coisas: 1º os abades colheram mais, neste dia, do que jamais haviam colhido em toda a sua vida, na caminhada ou fora dela; 2º toda a colheita acabou virando uma anguzada só, viscosa e nojenta – passasse George Romero por ali, provaria de tudo um pouco, com muito gosto; Dan O'Bannon, em seguida, rasparia o prato; 3º Andróginos e Androceus continuaram brigados, mas vomitaram unidos pelo resto do dia; Peter Jackson filmaria as tripas e pronto, estava inventado o *gore* [...] em algum lugar do imenso sertão [...], vomitavam o anguzô do almoço.

14. Açougueiros, suas Fêmeas e Filhotes

Intrépidos prosseguiam os açougueiros, carregando consigo toda a animalada que lograram reunir. Cruzaram feito faíscas em feno seco desde aningais até anisais e ainda não havia passado um ano desde a partida, quando completaram sem achegas a anona prevista. Fizeram as anotações correspondentes e novas projeções. Como lembrança do triunfo, jamais igualado por quaisquer outros grupos do reino, vivos ou mortos, levantaram uma formidável anta e comemoraram com um antepasto digno do nome.

Para compensar a perda de tempo ocasionada pelas solenidades e também para o caso de outra alcatéia vir-lhes ao encalço, os açougueiros armaram uma resistente antestatura com os restos do banquete. Em seguida, sumiram de vista, abandonando este capítulo e ultrapassando a história. Isto parece bastante inverossímil, admitiu-se; mas o Peripatético, necessariamente passando, esclareceria o caso segundo a lição surrada de que, por vezes, a verdade é difícil de crer, e o fingido, ao contrário, muito crível; passasse Camões novamente, diria algo assim: há coisas cridas, sem serem vividas, e outras vividas, sem serem cridas. Certo, porém, é que apenas o Real não pode faltar jamais nesta relação de viagem. Tanto assim que, nos calcanhares dos velozes açougueiros, o mesmo feito foi repetido por suas lindas mulheres e espertas crianças, numa só frase abalando-se daqui [...]

15. Androceus e Andróginos: Americanada Explosiva

Passado o período conhecido como o da "Paz Infame", imposta pelos mal-estares e vertigens de que já se deu notícia, o grupo Androceu tornou com renovado ânimo à luta e conseguiu que se convocasse um anticonsílio extraordinário. Na entrada, como senha, exigiu-se o escalpo de uma inflorescência de flor masculina. Nestas condições democráticas, uma vez que, salientou-se, os androceus faziam a maioria folgada entre os da abadia, o anticonsílio decretou o que se pode ler nas linhas seguintes, após os dois pontos, afora o item numérico: 1º toda forma de androginia, não importa o que delire o conservador Aristófanes a seu respeito, é uma forma de anticristandade; 2º todo andrógino deverá pagar com a vida o pecado mortal de ser o que é seu não-ser, isto é, de ser sem que Deus assim o tenha criado, isto é, de incorrer portanto em vício contra-natura, isto é, de entregar-se à idolatria herética que abdica voluntariamente da imagem e semelhança da Única Causa; 3º poderá eventualmente receber de volta o presente da vida o andrógino que renunciar àquilo que a desfaz, desde que tal renúncia se dê em praça pública, exposto ato, por contrição (e não mera atrição), espontânea vontade e livre-arbítrio, pela ordem; 4º o andrógino arrependido deverá, ainda, seguir à risca o seguinte antidotário, após dois pontos, item alfabético: *a*) ler diariamente um antifal; *b*) o antifal deverá ter, no mínimo, 92 páginas, impressas em frente e verso, redigidas em entrelinha de 13,5 pontos de paica, cada uma delas com 36 linhas de aproximadamente 60 toques – conforme decisão do próprio João de Deus, tomada durante a sua honrosa visita ao anticonsílio decretante; *c*) o antifal deverá ser composto, no mínimo, de 1 (uma) antologia, 5 (cinco) antólogos e 20 (vinte) antropogenias místicas; *d*) o tema comum à antologia, aos antólogos e às antropogenias deverá ser a formosura imaterial das flores por assim dizer másculas.

Registrou-se tudo em seu anuário de campanha, que, em seu modo moral de ver, representava não só uma verdadeira apadana, como também um aparato repressivo de alto teor pedagógico a ser doado como abada. Passasse um acadêmico por ali, haveria de preferir o termo "aparelho" a "aparato" e, se pesquisasse um tantinho mais, acabaria se decidindo pelo termo "sistema", epistemologicamente mais consistente, ainda que um tanto babilonizado [babelicizado] por empregos recentes mais próximos da circunstancialidade do vivido que do esforço de construção de uma ciência positiva do conhecimento. De qualquer maneira, quer um, quer outro, ou ainda um outro qualquer, era consenso entre os abades que uma doação de tal natureza era infinitamente superior à mera e vulgar apeiria.

Não longe dali, reunia-se um apertadilho, em francos e desabusados apertuchos. Era a jovial americanada, aglomerando-se em torno de um animado jogo dos Três Setes, jogo de que mais gostavam, depois do *Between* e do *Swing*. Foi então que um dos jogadores tirou uma apolitana completa [...]. Nada mais conseguiu fazer com que os americanos deixassem de promover um tremendo apontado, de tão pródigos e prodigiosos disparates, injúrias e blasfêmias, que os abades, passando por ali, julgaram tratar-se de alguma convenção anual de demônios, almas penadas e malditos em geral.

A fim de não sucumbir àquela gritaria dos infernos, androceus e andróginos esqueceram suas brigas e decretos para firmar a chamada "Paz Definitiva". Tremendo, tocaram [juntíssimos] um estrident[íssimo] apoteto, tática que lhes permitiria ultrapassar, por dentro, o próprio reto de Satã sem nada mais ouvir que longínquos murmúrios de pacato ribeiro. Andasse Bernardim nestas longes terras, logo tornaria a Bin'm'arder.

Segunda Etapa

161. Abades, Acadêmicos, Americanos: Agouros

No instante mesmo em que se iniciou a segunda parte desta história, os acadêmicos chegavam a um povoado e procediam a um aquadrelamento, a fim de verificar a disponibilidade de alistamento e confisco da população e de seus bens, respectivamente. Enquanto se dedicavam a tais empregos, solicitaram e obtiveram um mapa do lugar. Considerando-o com a atenção e perícia costumeiras, descobriram que os limites da aldeia eram os seguintes: ao sul, uma araçatuba; ao norte, um araçazal; a leste e a oeste, araçoiabas.

A araçoiaba pareceu-lhes o melhor lugar para ir, já que poderiam encontrar minérios valiosos para a formação da abada, que todos esperavam ser de grande excelência, já que obrada pelos melhores. [...] seguiram para as proximidades da araçoiaba leste, mas, para a sua desilusão, ao vê-la de perto, notaram que [ela estava completamente cercada por uma aramagem muito resistente, pontiaguda e, pior, eletrificada]. Recuaram para a araçoiaba oeste e viram o mesmo: cercava-a uma alta cerca eletrificada.

Para buscar inspiração e, por meio dela, descobrir um modo de chegar até as montanhas de minérios, os acadêmicos decidiram travar um debate em arameu, já que o idioma era pleno de ressonâncias metálicas. A primeira proposta colocada em plenário sugeria que deixassem o ferro à ferraria, da mesma forma que se deveria deixar a Irlanda para os irlandeses *not for London or for Rome* –, e tal refrão cantaram juntos os de mais alambicado coração.

A esta proposta anexou-se um adendo que previa, como compensação por este ato abnegado, o confisco da quantia correspondente a um arâmio de cada proprietário da região beneficiado pela medida. Depois de muito aparteada, a proposta acabou sendo recusada por vaias prolongadas. Consideravam-na uma solução *ad hoc*, ou, traduzindo, de araque.

[...] com argumentações deste jaez, em que se chocavam, estrepitosamente, apoiados e foras, bravos e frus, hurras e froas – Mário, passasse de volta, requebraria todas as listras de seu delicioso pijama tropical –, iam desfolhando, pouco a pouco, o arboreto em que se dava a assembléia. Foi quando [...] [um pavoroso estrondo] atirou ao chão o arcabouço ósseo que sustentava com galhardia a sua agudeza mental, equilibrada fantasia e poderoso entendimento abstrato.

[...] passado o período de necessária mudez que se seguiu àquela espécie de trovão de nêutrons ou [cantada do atrito do universo sob o breque dos neutrinos], aventou-se a hipótese de que o tal estrondo não [passara de disparos simultâneos de algum tipo de arcabuzaria pesada, provavelmente localizada atrás das ruínas da arcada que podia ser vista logo adiante, em meio a um vistoso arçanhal]. Foi aí que os acadêmicos souberam que nem todo arrepio é um *frisson*: no mapa, que haviam observado minuciosamente, [não constava nenhum arçanhal, quanto mais uma arcada arruinada]. Assustadíssimos, borrados alguns, deixavam-se ficar à medida que caíam e onde.

[...] arcebispado, recém-empossado pelos abades de acordo com a nova correlação de forças consolidada com a "Paz

Definitiva", ramificou-se num arcontado com a função específica de reativar antigas práticas diplomáticas, úteis na eventualidade de novos contatos imediatos com o inimigo. A precaução era justificada, uma vez que os abades se aproximavam de um areal e, como é notório, os religiosos sofrem de temor arquetípico por travessias de desertos. Passasse o Ungido por ali, haveria de alertá-los do que é sentir, em cada rachadura ardente do corpo, a sombra presente dos lábios molhados de Lúcifer.

Os americanos, retomando a caminhada, colhiam em um arecal. Seja devido ao peso e incomodidade do ampix, seja pelo da arengada que não cessavam de desfiar, foram deixando-se envolver por [certo cansaço, ligeiro desânimo, vaga desconfiança] de que, afinal, nem todas as piadas são completamente engraçadas. Talvez por isso, somando-se tudo o que haviam ajuntado até o momento para dotar a galera, o total, com boa vontade, não ultrapassava a quantidade que cabe com folga em um arenque.

Ainda aterrorizados, os acadêmicos permaneciam largados no chão, os olhos fixados nas arcadas, à espreita de [novos disparos]. Ficaram dias assim. Daí em diante, como eram corajosos e nada mais se ouviu, ousaram mexer-se e reunir um areópago. A unanimidade de seus membros aprovou aquilo mesmo que, antes, lhes parecera de araque, com a sofrível diferença de que a cota a ser confiscada, para compensação da perda dos minérios sonhados, seria reduzida de um arâmio para um arepene.

[...] como explicaram-se a si mesmos, vários quilômetros depois, tratara-se tão-somente de um recuo tático: desistiram de minérios, quiçá inexistentes – como, aliás, observando melhor, já evidenciava a conformação geográfica da região, que acusava graves indícios de erosão –, e adquiriram um pecúlio modesto, é verdade, porém rápido e seguro. Concluiu-se, pois, que não houve recuo algum e sim um lance magistral de *real politike*.

172. Açougueiros, Abades, Americanos: Batismos Agourentos

A história dos açougueiros era bem diversa daquela que ocorria a abades, acadêmicos e americanos nestes [últimos e irados dias]: avançavam como bandeirantes pelas campinas, enquanto suas mulheres e crianças vinham à retaguarda, recolhendo os poucos argaços que seus maridos e pais deixavam em pé pelo caminho devastado.

Além da estupenda eficiência desta forma de marcha, muitos melhoramentos foram sendo introduzidos pelos açougueiros em sua caravana. Por exemplo, construíram com argamassa uma prisão volante, muito útil para o caso de avistarem algum argel ou capturarem o inimigo. E como, por ora, a prisão se encontrasse vazia, aproveitavam-na para o transporte da argentária, confiscada a longínquas argirocracias que haviam atacado e naturalmente exterminado.

Outro exemplo: haviam renovado toda a argolagem de seu engenho e, assim, bebiam bem e tanto como nunca [...].

No deserto, o arcontado tinha na ponta da língua a argumentação que havia preparado para o caso de surgir o inimigo. Também havia exercitado com afinco a execução de uma bela ária, cujo principal efeito era o andamento fúnebre. Pretendiam tocar o ponto fraco do cínico inimigo pelo poder pressentido dessa arma funérea, que bem provavelmente traria à tona o problema íntimo que o fazia deles inimigo. [...] atravessaram toda a extensão do deserto e chegaram a um aricurizal sem o mais leve sinal da presença do dito cujo. A não ser o mesmo tipo de sinal que já foi explicitado numa frase semelhante a esta, mas escrita há muitos e muitos quilômetros atrás.

Não — reconsiderou-se —, nunca se escreveu qualquer frase semelhante a esta. Portanto, um perigo que se manifestasse por meio de uma explicitação jamais feita não deixava o mais leve sinal da presença do horrível mal que preparava. [...] Wittgenstein passando, repetiu que o que não pode ser dito deve permanecer calado. Ao que os abades, agastados, retrucaram que não entendiam como Russell não havia logo desenganado o sujeito como um perfeito idiota. Afinal, estava bem claro que, se o que não pode ser dito deve ser calado, então aquilo que permanece calado é manifesto sinal do que não pode ser dito. Isto é, os abades chegaram a um aricurizal sem o mais leve sinal da presença de algum perigo e ponto final. Renderam-se graças a Deus.

Rompeu-se o jejum com uma arribação consumida ao redor da fogueira que, curiosamente, [já se encontrava ali antes que eles a fizessem]. Depois que deram cabo da sobremesa, os abades, excitados com os sucessos do dia, renovaram os votos de fidelidade à aristocracia virtuosa do mundo e repudiaram o revisionismo decadente da aristodemocracia, muito em [vodka], isto é, muito em [modka] nos países de maior desenvolvimento burocrático.

Nesta mesma noite, os americanos — graças a seus conhecidos conhecimentos de aritmologia — chegaram a uma rara receita de arlequim. Isto exigiu, na parte empírica da demonstração, uma série enorme de testes de sabor e aroma. Produziram-se outras tantas arlequinadas de humor duvidoso, como aquela, exemplar, de fazer armações com os dedos indicador e mínimo atrás das cabeças dos companheiros que posavam para fotografias. Lá pelas tantas, descambou-se para uma ruidosa orgia, que manteve afastado aquele vago *tedium vitae*, sentido no fundo do americano peito, por toda a madrugada que iniciava o [dia fatal desta idade].

Terceira Etapa

*1831. Abades, Acadêmicos,
Açougueiros e Americanos:
Fantasia da Vista*

Talvez os abades refinassem ainda mais, em sua oratória, o lugar relativo à [multiplicidade das formas adotadas pelo mal] e à verdadeira extensão dos desertos; talvez os acadêmicos descrevessem os [supostos disparos, naquele estranho povoado] como introjeções ou projeções localizadas de um [perigo muito maior que andava a rondar a sobrevivência da espécie]; talvez os açougueiros, pela primeira vez, admitissem um [provisório recesso em sua produtividade feroz]; talvez [silenciassem] as gargalhadas dos americanos; talvez todos eles fizessem isso mesmo, caso soubessem que, no porto, do alto do mastro da galera avistou-se a armada inimiga [...]

Estupefatos, os poucos escravos, forçados e aspirantes, única tripulação da galera, deixaram-se ofuscar pelo [brilho da armadura inimiga projetando-se ao longo da linha do horizonte]. Passasse Vieira outra vez por ali, escreveria de punho próprio, antes que o copidescassem no futuro, a Carta Ânua da Companhia de Jesus, que deu conta ao Geral em Roma dos sucessos bélicos que agitaram a Província, no ano de 1624, quando do ataque dos heréticos homens-peixes:

"Com a luz do dia seguinte apareceu a armada inimiga, que repartida em esquadras vinha entrando. Tocavam-se em todas as naus trombetas bastardas a som de guerra, que com o vermelho dos pavezes vinham ao longe publicando sangue. Divisavam-se as bandeiras [...], flâmulas e estandartes que, ondeando das antenas e mastaréus mais altos, desciam até varrer o mar com tanta majestade e graça que, a quem se não temera, podiam fazer uma alegre e formosa vista. Nesta ordem se vieram chegando [...]".

1942. Acadêmicos, Açougueiros: Dialética

Os açougueiros, ainda que muito velozes e já próximos do porto, eram obrigados a retardar o passo, por força de sua própria eficiência no cumprimento da missão de contribuir com a abada da galera. É que conduziam um enorme armento, que, por sua vez, sobre o lombo esfolado, carregava um [enorme arméu].

Os acadêmicos, depois da passagem memorável pelo povoado, declararam ponto facultativo e destinaram a manhã aos trabalhos de atualização de seu notável armorial. Assentaram-se numa arquibancada natural que havia na mais aprazível das ilhas cuja reunião compunha o ser cujo belo nome é arquipélago. Assentados, dedicaram-se ao registro de brasões recentes, ainda não formalizados junto ao arquivo oficial, infelizmente muito desatualizado nestes dias de árdua caminhada.

Estavam aí, quando o seu sereno [arraial], semi-encoberto por polpuda arramada e prudentemente distante de outros arranchamentos, pareceu-lhes a eles todos [e mais a cada um], [de repente], [ameaçador] [misterioso] [magnetizado]. Sequer o vento, ao se mover, soprava. [...] [sob alguma espécie de compulsão] sem arrazoados ou apartes, os acadêmicos levantaram-se e, automaticamente, trataram de preparar o arrasto. Em louvor da positividade daqueles espíritos, é preciso que se diga que, nem mesmo sob essa [pressão intangível], deixaram de dispor a sua reduzida arrearia em perfilada arreata. Passasse por ali o Duque de La Rochefoucauld, extrairia daquela situação alguma máxima bem menos otimista, como a de que, muitas vezes, o que aparenta bravura pode não ser mais que fraqueza diante da força do hábito.

Assim, depois de fazer o que deviam, os acadêmicos tomaram a sua arrecova e saíram dali com o rabo dos olhos, [consumidos pelas suspeitas], comprimidos contra suas próprias tripas.

2053. Açougueiros: Mulheres e Crianças; Americanos

Cruzando um arredor, as mulheres e crianças dos açougueiros, que prosseguiam marchando à retaguarda de seus maridos e pais, transportavam arregaçadas mais volumosas do que se esperaria de seus corpos delicados. [...] considerou-se não pequena maravilha da Natureza o movimento daqueles seres perfeitos a revolver arrifanas e arrozais, enquanto trocavam entre si olhares cheios de alegria e confiança [...].

Foi bem aí, em grau tão densamente físico quanto o destas adoráveis criaturas, que se [ouviu um arruído, ligeiro, porém inequívoco, distinto de tudo o que se ouviu jamais naquelas paragens]. Por instantes breves, as mulheres e as crianças procuraram-se mutuamente, certificando-se de que tudo permanecia tão perfeito quanto antes. Como nada de mais ou de menos ouvissem, seguiram o seu reto caminho, às costas largas e bem torneadas dos açougueiros.

[...] outro lado de um arrozal, os americanos observaram, com vago interesse, uma [estranha arrumação que se formara repentinamente no horizonte]. Antes que cogitassem sequer de cessar a algazarra em que davam azo a sua espontaneidade sensual, [a arrumação dissipou-se, tão abruptamente quanto se formara]. Uma vez que as coisas passaram-se assim, os bons americanos voltaram a concentrar-se em sua prática ordinária, na qual colheita conjugava-se com sodomia.

2164. Escravos, Forçados e Aspirantes

[O arsenal inimigo avançava sem pressa, dispondo-se em arco], como se a sua tática fosse antes engolir o mar que afundar a galera.

Os poucos escravos preferiram lançar-se às águas por suas próprias pernas, antes que o mar secasse, engolido, e, incapaz de afogá-los, entregasse-os à própria má sorte.

Os poucos forçados aproveitaram a saúde que lhes restava, depois de todos aqueles anos de trabalho duro, para injetar doses letais de [*Lysergic Acid Diethylamide*] em suas fugidias artérias azuladas. Aguardaram, então, com ansiedade, o vulto magnífico do [Alpha-Jerk] que os levaria a rever Laura, Beatriz, Isolda, Heloísa, Dinamene, Diana e até Lucy, a vulgar, lá, muito além de seus corpos indefesos diante do [fogo cerrado da artilharia inimiga].

[...] poucos aspirantes, contudo, agiram de forma mais sutil: aplicaram artomeli aos olhos e, desde então, puderam sorrir um sorriso açucarado para aquela [arvoreda que vinha em direção da galera e que parecia nunca mais parar de crescer]. [...] dando voz e ritmo ao mel do sorriso, postaram-se junto à amurada do convés, cantando assim: *Oh babe, can't you see? Love is the drug for me.*

[...] passasse Brian Ferry por ali, haveria de reforçar o olhar *blasé* para não admitir que adorara o acento *kitsch* que o jovem grupo ressaltava na canção. Fosse Eno a passar, talvez se dispusesse a produzir uma *demo* para os aspirantes, desde que aceitassem dar acentos experimentais à cafonice toda.

2275. Acadêmicos, Açougueiros & Família

Apenas quando se julgaram a uma distância prudente daquele [clima estranho e ameaçador que poluía o acampamento do arquipélago], os acadêmicos voltaram a pensar em suas complicadas questões de prosápia e ascendência, mas estavam com a concentração mental bastante prejudicada pelo insólito dos últimos acontecimentos. [...] foram capazes de discutir apenas assuntos leves, [gasosos] genéricos, escapistas. Ficaram a imaginar, por exemplo, os melhoramentos culturais que poderiam empreender quando chegassem ao porto de seu glorioso destino [...]. Alguns pretendiam desenvolver um método seguro para fazer com que Ingres acertasse os ombros, e não os umbigos, como lugar certo onde enfiar os braços de suas musas exóticas; a outros, bastava-lhes encontrar um meio para que Poussin fizesse pousar mais firmemente no chão os pezinhos flutuantes de suas personagens. Contudo, sugestões menores, como essas, eram exceção. Entre outras obras de grande porte, foram bem votadas as de construção de ascetérios, asclepíades e, em primeiríssimo lugar, asilos. Notou-se que o resultado traduzia a recente indisposição adquirida na caminhada, já que todos sabiam da resistência que os acadêmicos tinham a aposentar-se ao fim do seu tempo de serviço. E por que o fariam, se podiam fazê-lo muito antes disso, no próprio serviço? Passasse Qadós por ali, diria: *Teu cu, teu quisto: tudo está previsto.*

[...] pediu-se mesmo prioridade máxima para o asilo, uma vez que era crescente o número de inválidos produzido pelas depressões da caminhada, que, em boa parte, bem pareciam agressões da natureza. O Movimento Ecológico, que contava com um contingente enorme de adeptos e contribuintes no início da jornada, acabou cindindo-se em várias seções sectárias, cada uma delas absolutamente disposta a destruir a parte ecoada pelo sistema que fosse defendida pelas outras.

[...] açougueiros, a poucos pés do pico que lhes permitiria avistar a galera e tentar alguma coisa em sua defesa, [quase não saíam do lugar, por mais poeira que levantassem, devido à teimosia de uma asnada que haviam capturado,] domesticado, mas que não havia meio de convencer da urgente necessidade de transportar sobre o próprio lombo alguns asnamentos de reforço para a galera.

2386. *Aspirantes e Aliados do Inimigo*

A aspirantada, girando os olhos melados e verificando, a contragosto, que ainda enxergavam a assacada em que o mar havia se transformado, tratou de promover uma ordem unida, cujo assentamento determinou a imediata preparação de um assirato e o hasteamento da bandeira branca. A fim de obter material para o assirato, os aspirantes vazaram as artérias dos corpos inertes dos escravos e recolheram o sangue, altamente tóxico, numa grande vasilha, onde já se encontrava todo o vinho de que precisavam.

Chegava a bandeira ao último pau e aguardavam a abordagem da galera pelo inimigo, quando uma [insuspeitada quadrilha de ratos, ratos e mais ratos, obesos, inchados à custa dos assobalhos que abundavam pela pequena biblioteca] de bordo, atirou-se à vasilha do assirato, em meio a uma assoviada estridente, cheia de mofo e escárnio.

[...] exato momento, produziu-se uma associação espantosa, terrível: do assombramento que ocultara o mar, elevou-se uma espécie de [voz em assonância. E aquele barulho infernal trazia consigo as trevas.]

Quarta Etapa

24971. Abades, Acadêmicos, Americanos, Aliados do Inimigo: Baixas

[O espantoso efeito sonoro que suspendeu a terceira etapa evolutiva desta história atingiu com impacto o assoreamento distante] onde alardeava, como de praxe, a assuada dos americanos. [...] [rastreados de alto a baixo, por dentro e por fora, por aquela espécie de assucador invisível], fizeram-se tão calados e tementes a Deus, quanto a população de um astério na Sexta-Feira da Paixão.

[...] simultaneamente aos abades, levantaram os olhos para o asterismo acima de suas cabeças, [procurando pela astilha desprendida e sentindo que se rompia o misterioso astrego entre o Céu e a Terra].

Estupidificados, os abades deixaram escorrer o atabefe que se preparavam para tomar e não deram por conta disso nem mesmo quando o fogo começou a se alastrar, desastrosamente, pela atada reunida.

Os acadêmicos [foram atingidos pelo som a meio caminho de um atalho]. Diferentemente dos abades e americanos, não se imobilizaram, ao contrário: livrando-se com extrema rapidez dos vários atamentos com que arrastavam a sua contribuição para a abada, atiraram-se, de cabeça, a um atasqueiro localizado à beira do caminho.

Alguns retardatários, que ainda não haviam chegado ao ponto do atalho onde começava o pântano, procuraram meter-se pelos buracos de enormes aterroadas que ponteavam ao redor. Ainda não haviam entrado com as pernas e já tiveram os olhos, depois os lábios e depois todo o crânio dilacerados pelos imperativos biofisiológicos de espécimes gigantes das genéricas térmitas.

Acabado o serviço com tronco e membros, tais térmitas desprezaram os atilhos que os pobres dos acadêmicos, poucos instantes antes do [impacto do som], tinham amarrado com método, capricho e aplicação.

251082. Militares, Comerciantes

[...] átimo de desagregação, em que se suspendeu o mundo, através de [uma assonia apoteótica e, paradoxalmente, plena de zombarias], a ativa dos militares resolveu suspender sua prolongada discussão a respeito de fazer, ou não, a famosa caminhada coletiva de solidariedade para doação de ababe e abada à galera. Decretando estado de prontidão nos quartéis, prontificou-se e aí permaneceu, nesta mesmíssima posição.

Já os comerciantes, que nunca cogitaram caminhar para outro destino que não aquele que atravessa do fazer ao usar, passaram imediatamente ao levantamento exaustivo do seu ativo. [...] satisfeitos com o montante constatado, procuraram no Atlas um bom sítio para passar férias e praticar atletismo. Após uma série de contas, escolheu-se um exótico atol, que, por coincidência, supôs-se, estava no extremo oposto ao porto em que [a galera, parada e perplexa], parecia, antes, uma galinha.

261193. Abades e Acadêmicos: Lastro Livre

Por alguns instantes, os acadêmicos e abades julgaram que aquela [voz oblíqua, multiplicada, desumana], havia cessado. [...] que, de algum modo, eles a assimilavam, percebendo nela [algum sentido potencial], o que tendia a aliviar o seu incômodo. Aproveitando-se dessa pausa, os acadêmicos procuraram agarrar-se aos troncos e atoras que boiavam no atoleiro em que haviam mergulhado. Os abades, mais calmos, chegaram mesmo a se lembrar de que era véspera de São João e prometeram-se que, assim que fosse possível, reuniriam a atada que lhes restava numa grande atrancada, digna de tal data. Foi quando [...] não há depois.

[Foi quando se ouviu uma atroada infernal, anterior a quaisquer atroísmos, brutalidade maciça] que fez os abades arrastarem-se consigo mesmos até o meio de um rio que por ali corria e lá deixar-se afogar, tendo ao longe a visão, não muito idílica, de um aturiazal. [O mesmo fenômeno fez os acadêmicos desistirem de qualquer movimento e] aceitar a lama que lhes encobria os corpos, procurando, ainda, enfiá-la pelos ouvidos adentro, [sem outro sentido que o de buscar um fim para o auditório impossível a que se viam reduzidos].

2712104. Palácio Real, Acadêmicos Póstumos

Mas o que parecia ser o auge, não parecia ter um fim: o [estrondo pesadíssimo das pseudovozes explodiu sobre o imponente castelo real], distante mais de mil léguas do [porto fatídico]. Penetrou intempestivamente pelas cavalariças e estrangulou os cavalos premiados, machos ou fêmeas, prenhes ou não. Trovejou no interior de cada aposento, devassou cada porta-jóia, cada mimo, certo capricho, toda peruca. Arrombou os guarda-roupas, rasgou sedas, linhos e carmesins. Estilhaçou lustres e janelas. Bateu as portas com potentes pontapés. Arrastou os móveis mais pesados. Varreu os corredores, bailes e salões. Vazou a vagina das virgens, o vão dos varões e privou do pau as precisadas. Dispersou os dados, embaralhou as cartas e deu o morto. Atirou com a aulá inteira ao fosso, sem que ela tivesse tido tempo para concluir a leitura de uma carta que lhe havia sido enviada pelos acadêmicos.

Nesta carta, em forma de aumentação, descreviam com minúcia e finura os sucessos da caminhada que cumpriram até o momento em que se soube deles. Informavam ainda que haviam batizado a galera – que não veriam jamais – primeiro com o nome de Fortuna, mudando-o, depois, para Aurora. Finalmente, num autuário póstumo, protestavam o desejo comum e inalienável de que o seu autuno não se tivesse dado em vão. Se lessem a carta até o fim, murmurariam os varões cortesãos e, se vivessem, mas não.

Quer dizer, para tranqüilidade geral da nação, quase toda defunta, os bravos acadêmicos, antes e depois da morte, continuavam a galopar suas adoráveis auxeses.

2813115. Açougueiros: Vista, Visão

Foi então que [cristalizando-se numa avalancha de gelo e neve, as vozes precipitaram-se sobre] os corpos afogados dos abades e acadêmicos. Revolveram-nos como pedacinhos de carne na sopa de cará e soterraram, de uma enfiada só, os corpos dos americanos, militares e comerciantes, que não puderam, respectivamente, mudar de posição, sair da prontidão, acabar com o suco de melão.

Os açougueiros ainda tentaram uma última avançada, coerentes com a avanguarda que representavam, mas os seus pés afundavam-se num aveal, eram estrepados por um avelanal e acabaram enredados num avencal, [plantações todas que irromperam bem à sua frente, mal chegaram ao cume da montanha de onde poderiam ver a galera e tudo o mais que a ela acontecia]. Em vez desta vista, amarrados e amordaçados pelas plantas, apenas puderam vislumbrar um velho sonho, que gostariam de relatar, ternamente, na intimidade de seu teto, a seus filhos e mulheres. Em primeiro plano, surgia uma avenida convidativa, calçada de granizo cor-de-rosa, que conduzia, um pouco mais ao fundo, a um campo de aviação, há muito abandonado, cujos destroços serviam de aviário às mais diversas espécies da avifauna conhecida da terra [...]. Quando os açougueiros, comovidos, tentaram aproximar-se daquela visão familiar, em troca da qual, real, dariam a própria vida, deram-na, de fato, pois, no esforço de avançar, com a gana que tinham, acabaram estrangulados pelas avencas.

As suas mulheres e crianças, vindo mais atrás e carregando menos que um avo do total recolhido pelos açougueiros, ao perceber diante de si aquele [revolvimento violento da natureza], não sentiram temor algum. Ao contrário, atiraram-se com alegria àquela [súbita avondança de água e gelo e neve e lama], apenas um bocadinho mais surpresas pela quantidade de sobras deixadas pelos maridos e pais, de ordinário bem mais eficientes na coleta de tudo. Não se soube se permaneceu esta pequena surpresa em seus semblantes quando a [catástrofe, ávida], tomou de seus corpinhos, apertadinhos uns aos outros e soprou a velinha que animava seus coraçõezinhos.

2914126. Aspirantes: Infância

Na galera, os aspirantes ainda aguardavam [a abordagem da az inimiga, que, agora, fazia seu o mar inteiro,] como outrora fora português. Tomados de súbita nostalgia, lembraram-se da azáfama dos antigos dias do porto, onde se reuniam abades, acadêmicos, açougueiros, americanos, militares, comerciantes e cortesãos, além deles mesmos, dos escravos e dos forçados [...]. Esta lembrança foi logo sobrepujada por outra, ainda mais antiga, quando eram crianças e brincavam de guerra num azambujal, reproduzindo lances emocionantes das gloriosas azarias em que foram mortos seus pais e os pais de seus pais e, antes deles, os pais [...]. Em seguida, esta idílica recordação foi-se confundindo e desfazendo em meio a uma azeitada quente que lhes turvava a vista. Mesclavam-se azeméis e azeredos. Rompiam-se abruptamente as fronteiras entre azervadas e azerves. As eiras espalhavam-se, sem pejo, pelos vastos azinhais. Então os aspirantes viram-se a si mesmos no útero de sua mãe a declamar, com o mesmo intenso credo que ela sempre devotou aos uniformes: *Que voz vem no som das ondas Que não é a voz do mar?* E depois: *Que jaz no abismo sob o mar que se ergue?*

Mas foi aí que [a galera tornou-se campo de caça e o mundo todo já era azoreiro]. Pessoa alguma passava para anotar a mensagem.

Quinta Etapa

30151371. Nome / Título da História

Tal era e ainda é a SEÇÃO A, constante de 5 (cinco) ETAPAS, progressivas e numeradas – [a única das seções encontradas pelos inimigos na biblioteca da galera] que ainda não havia sido [devorada pelos ratos obesos, por sorte, desdentados]. Uma ou outra parte do texto original apresentava-se destruída ou deteriorada, com ramificações esburacadas ornamentando as páginas. Nestes casos, os colchetes foram utilizados para evidenciar a ilegibilidade do trecho [...] ou as hipóteses mais prováveis para sua decifração.

Após vários estudos da marginália, constituída sobretudo por grifos de evidente teor didático – vale dizer, para fins de facilidade da leitura ou destaque de recorrências importantes –, e, ainda, após confrontar 4 (quatro) versões que havia desta SEÇÃO A restante – produzidas, segundo os peritos, num intervalo aproximado de muitos e muitos anos –, concluiu-se que ela fizera parte originariamente de uma documentação bem mais extensa. Quem sabe, uma[:] – ARTERIOGRAFIA, segundo poderiam chamá-la os açougueiros, caso se preocupassem (o que certamente jamais fariam) com questões nominalistas; – ARTINHA, como a chamariam os abades, de acordo com a sua inclinação piedosa e humilde; – ARVAL ou HARVEST, como seria chamada pela pródiga americanada e, mais ainda, por Neil Young, se por ali andasse e não fosse, afinal, apenas canadense; – ASCÁRIDAS, como decretaria o rei se pudesse e se contasse com o aval de militares e comerciantes; – ÁXIS, como certamente prefeririam os eruditos acadêmicos; – AZAR, como a chamariam os poucos escravos, forçados e aspirantes, que a Fortuna não quis que partissem para fazer, nem ficassem para contar – a história (coisa esta, aliás, de que ela própria os dispensaria, ciosa de seu vasto Império e exclusivo domínio).

O inimigo, entretanto, por pirraça ou por maldade, por simples farra ou razão pura, preferiu chamá-la, e chamou-a, de *Rudimentos da Vida Coletiva*. Em algumas edições que se fez publicar, ajuntou-se a este já extenso título a solene especificação de *Um Elogio do Juízo Histórico*; em outras, mais baratas, nem sempre havia subtítulo, mas algumas traziam uma especificação de gênero: Novela Alegórica. Considerou-se muito superior, contudo, o subtítulo exclusivo das edições de luxo. Nenhum poderia ser mais justo e verdadeiro, uma vez que nada do que aqui se leu deixou de ser gravado em ferro pelos próprios punhos, pesados, [implacáveis] [incorruptíveis] da HISTÓRIA. Ela mesma e mais ninguém!

Título	Rudimentos da Vida Coletiva
Autor	Alcir Pécora
Editoração Eletrônica	Aline E. Sato
	Amanda E. de Almeida
Revisão	Geraldo Gerson de Souza
Formato	12 x 21 cm
Tipologia	Bodoni Book
Papel de Miolo	Pólen Soft 80 g/m²
Papel de Capa	Cartão Supremo 250 g/m²
Número de Páginas	96
Impressão	Lis Gráfica e Editora